혼자 타오르고 있었네

혼자 타오르고 있었네

조태일 시집

차 례

제 1 부

제 4 부

제 1 부

도토리들

얼레얼레 엇놀려 어르는
날다람쥐
참다람쥐
하늘다람쥐의 앞다리에 들려
볼주머니 속으로 들어갔다가
가까스로 주둥아리를 빠져나온 것들.

어디쯤 구르다가
할딱이는 숨 고르며
놀란 가슴 쓰다듬으며
낙엽 뒤집어쓰고
싹 틔우고 있을까

한 세기가 넘어가려 하고
한 세기가 넘어오려 하는
아스라한 산꼭대기 바라보며
사오부 능선쯤에서.

메아리

내 어렸을 적
산 속에서 길을 잃고
엄마야! 엄마야! 엄마야!
울부짖던 그 소리

온갖 산짐승들 놀라게 하며
온갖 나뭇잎들 흔들며 나아가던
그 정처없이 무서웠던 소리

건너 산
바윗벼랑에 부딪쳐
어엄마아야아~ 어엄마아야아~어엄마아야아~
되돌아오던 그 소리

지금껏 내 귓바퀴에서 서성이며 살다가
이제야 어머님 무덤가에 사시사철 맴돌며 산다.
엄마야, 엄마야, 엄마야,·
오냐, 오냐, 오냐……

분꽃씨

햇볕 수줍어 몸 오므렸다가
해 지면,
빠알강
노오랑
하양으로
화알짝 웃던 그대.

밤새도록 무슨 사연 있었길래
꽃새끼, 검은 새끼
때 되어 쏟는가
씨젖 가득 채워 낳는가.

이웃집 할머니,
시어머니, 친정어머니가
다리 틈새에서 함박웃음으로
손자 받아내듯 받는 이 있다.
다칠세라 조심조심 받는 이 있다.

오메, 내 새끼

오메, 내 새끼
하며.

붉은 고추

붉은 고추
이리저리 누워
하늘 우러르고 있다.

조용하고
수줍고
가냘퍼서
보일락말락 이쁜 꽃이었는데

매운 세월 견디며
매운 숨결 몰아쉬더니
이제는 마당가에 누워 있다.

어린 새끼
가득 밴 채.

눈 부셔
눈 감으면
북녘 하늘 밑

마당가에도 누워 있다.

어린 새끼
가득 밴 채.

지렁이 예수 1

작은 은자는 산 속에 숨고
큰 은자는 사람 속에 숨는다

작은 지렁이는 습지에서 살다 죽고
큰 지렁이는 아스팔트 위에서 죽는다?

물 젖은 몸뚱어리 이끌고
아스팔트 위를
1mm 1mm씩
꼼지락꼼지락 나아가는데

발빠른 개미들 더듬더듬 더듬이로
굶주린 동료들 불러모아
물고 늘어진다.

두만강, 압록강, 한강, 낙동강
금강, 영산강, 섬진강
보다도 더 길고,
백두산, 태백산, 지리산
한라산, 무등산
보다도 더 덩치 큰,

아아,
우리네 휴전선보다도
더 길고 완고한 몸뚱어리를
모래성 쌓아놓고
뜯는다.

나도 저처럼
내 몸 맡겨 뜯겼으면
나도 저처럼
부활해보았으면

뜨거운 태양 아래서
아스팔트 위에서.

지렁이 예수 2

얼마를 더 가야
얼마를 더 가야
그리운 땅, 약속의 땅 다다를까.

꽃잎보다도 더 보드라운 살
아침햇살에 빛내며
一자로 一자로
오무작오무작
나아간다.

나아가다
나아가다
차바퀴에 몸이 잘려도
반 몸으로, 반 몸으로
오무작오무작
나아간다
나아간다.

안방에서 고추 열리다

시멘트벽으로 둘러싸인
안방 창가,
화분에 어리디어린 고추 모종
한개 옮겨 심어놨더니,

다섯 갈래 하이얀 통꽃
피는 듯 마는 듯 보이는 듯 안 보이는 듯
겨우겨우 피워내더니
밤새고 나니
원뿔꼴 진초록 고추
풍매 충매도 없이
앙증스레 세 개나 매달았다.

저 고추
이제는 또
스스로 스스로
붉은 얼굴 피워낼까.

고추잠자리는
창 밖에서 잠잠

꽃들이 아문다

소리도 없이
함성으로 터졌던
꽃들

하얀
노오란
빠알간
그리움으로
흔들리던
이쁜이들,

이젠
깨끗한
침묵으로
아문다.

어머니의
임종처럼.

비 그친 뒤

짙은 먹구름이
유월의 하늘을
자기 안뜨락인 양 휩쓸다가
빗기를 내비치더니
빗줄기를 세워
빗금무늬로 자기 몸 갈기갈기 쏟더니만
빗자국만 지상에 남기고
사라져버린
오후 한때,

개미떼들, 작은 벌레들 군단을 이루어
지상의 모든 나무 오르내리며
지상의 모든 풀줄기 오르내리며
간지럼 먹이네.

푸른 잎새들 간지럽다며
몸 비틀며 푸른 아우성
햇볕 함께 쏟아내네.

매미 1
한라산 매미들, 지금도 궁금하다

일천구백육십년 팔월
한라산 오르며 나는
나무에 붙어 까맣게 까맣게 울어쌓는 매미들을
그냥 뜯어(잡아)서 주머니 속에 가득가득 채웠다.

백록담에 다다를 때까지
한없이 한없이 따넣었다
서귀포에 이를 때까지도

매앰맴 매앰맴 맴맴맴맴맴……
미욱미욱 미아아암 미아아암 밈밈밈밈밈……
캄캄한 주머니 속 안에서 울었다.

정방폭포 위에 서서
사월의 함성이 아직도 맴도는
푸른 하늘을 향해 날려 보냈다.

어떤 녀석은, 수평선을 향해 까만 까만 점으로 날았고
어떤 녀석은, 아스라이 높고 푸른 하늘 향해 함성으로 날

았고

　어떤 녀석은(영특한), 내 머리를 스쳐 한라산 쪽으로 날
았고

　어떤 녀석은(미련한), 폭포에 휘말려 바다 속으로 곤두박
질 치던

　한라산 매미, 매미, 매미들
　사십여년이 지났건만
　그 울음소리는 지금껏 남아 있건만

　그 행방이 묘연해서
　지금껏 궁금하다.

매미 2

매미들
덩치 큰 나무 등에 붙어
투명한 세모시 그물망 비벼대며

말매미
참매미
유리매미
쓰름매미,

이 나무랑 저 나무랑
이 가지랑 저 가지랑
날아 옮겨 노래하며 울다가
또 옮겨 날며 울며 노래한다.

기쁨도 슬픔인 양 울고
슬픔도 기쁨인 양 노래한다.
꽁무니 오므락 펴락, 펴락 오므락 들썩이며
이 지상의 모든 슬픔
이 지상의 모든 기쁨

들어올려 비벼대며 날리며
이 여름 가는 것 안타까워
온몸 떨며 들썩이면서……

매미 3

늦여름과 초가을의 틈새에서
서울 근교 매미들은
아름다이 노래하는 목청을 잃어버렸다.

미아암, 미아암, 미아암미아암미아암……
매앰맴, 매앰맴, 매앰매앰매앰매앰……
쓰리 쓰리랑 쓰리쓰리 매앰맴 매앰맴……
아리 아리랑 아리 아리랑 매앰맴 매앰맴……

졸도할 듯 악쓰며 울부짖는
매미들의 등쌀에
서울 근교의 산들은
온통 초상집이다.
울부짖는 상여다.
온통 들썩이는 무덤이다.

매미 4

늦여름 매미는
밤낮을 가리지 않고

포클레인처럼
꽁지 오므리며
이승을 들어올린다.

웃싸아 차차 매앰 매앰
웃싸아 차차 매앰 매앰

콘크리트 옹벽에 바싹 붙어
이승을 단박에 들었다 놓더니

가을 속으로
저승 속으로
흔적도 없이 사라졌다.

봄 빛

봄빛은
어미 품속
파고드는 노랑, 하양, 검정 병아리들.

봄빛은
노릇노릇 파릇파릇 노릇파릇 돋는
어린 새싹들 낯빛

시골 장터 좌판 위의
뽑혀온 어린 푸성귀들도
뽑힘의 고통도 잊은 채 찬연하다.

쪼그리고 앉은 아줌마의 쪼글쪼글한 볼에도
봄빛,
풀빛,
다채롭다.

꽃길 따라

흰 꽃잎
분홍 꽃잎
노랑 꽃잎
빨강 꽃잎
점점이 누워 노는 산길 걷는다
신발 들고 맨발로 걷는다
발바닥 간지럽다 향기롭다
흙이 웃는다 흙향기
꽃잎들 웃는다 꽃향기
에 취해 취해
깊은 산골 파고든다

백목련꽃

큰키나무 목련에 기대어
가만가만 귀기울여본다.
나무들 몸 속에서 생의 우물
퍼올리는 두레박 소리 들린다 싶더니

푸른 잎사귀보다 먼저
6·25 때 주먹밥 같은
흰 꽃송이,
흰 꽃송이들
피워낸다.

이 주먹밥 몇 덩어리 챙겨들고
머나먼 길 떠나는 길손이고 싶다.

부활절 전야

더도 아니고
덜도 아닌
꼭 우리 엄니 얼굴 같은
만월이 그 자애로운 가슴 풀어
때 묻은 내 얼굴 씻기신다.
여직껏 남들한테 들키지 않았던
내 몸 구석구석 때까지 씻기신다.

부르면
눈물 먼저 나는 어머니!

달무리 근처 빙빙 도는
저 찬란한 별떼들,
그 그리움!

연 등

마을에서 멀리 떨어진 산 속
개복숭아꽃 저 혼자 타오르고 있었네.

연분홍꽃
점, 점, 점, 점점이 불 밝혀
화르르 화르르 몸 섞고 있었네.

사월 초파일날 켠 연등보다
더 환했네. 더 고왔네.

오래도록 내 숨결
내 스스로 가빴네
내 스스로 황홀했네.

제 2 부

임진강가에서

오늘도
임진강은 흐르고
새떼들도 남북으로
북남으로 흐른다.

백골은
남쪽 사람이었을까
북쪽 사람이었을까
반세기 동안 동토에 묻혔다가
어느 병사의 곡괭이에 찍혀 나와
햇빛 받으니 동자승 같다.
눈 시리다.

그 백골이
휑한 두 눈구덩이로
바람과 함께
으악새와 함께
휙, 휙, 휙휙휙 휘파람 부니

북녘의 산들이 들썩이고
남녘의 산들도 들썩인다.

이쪽과 저쪽

새벽 네시쯤
도시의 끝과 농촌의 시작인 길을
잰 걸음, 느린 걸음으로,
뒷걸음, 옆걸음으로도 걷는다.
거무칙칙한 길을 걷는다.
질척질척한 농로를 걷는다.

토종개구리
황소개구리
쥐
지렁이
뱀들

이쪽에서 저쪽으로
저쪽에서 이쪽으로
밤새 건너다
차바퀴에 깔려
죽어 붙어 있는 길을
걷는다.

개구리들, 불어터진 국숫발처럼 창자 드러내놓고 죽어
있다.

지렁이, 뱀들은 길게 죽어 있다.

쥐들, 쥐포처럼 납작하게 죽어 있다.

그곳을 나는 새벽 네시쯤 걷는다.

아직까지 무사한

완두콩만한 개구리 새끼들이 팔짝팔짝 뛰면서 건넌다.

그곳을 지렁이들 멈춘 듯 기는 듯 건넌다.

이쪽에서 저쪽으로,

저쪽에서 이쪽으로.

새벽 가로등 불빛

짙푸른 모가 새벽 일찍 깨어 다투며 크는
논가, 가로등 꼼짝없이 서 있다
뽀얀 우윳빛 얼굴 빛내며,

날개 없는 빗발은 하염없이 추락하고
1밀리나 2밀리쯤 날개 달린
날벌레 또는 하루살이는
가로 지르고 세로 지르며
솟구치고 내려꽂다가
날개 젖는다.

젖은 날개 몸통에 붙이고 몸통으로 오른다.
오르다가 하늘이 캄캄하여 다시 내려와
새벽 가로등 불빛을 보듬고
그냥 뽀얀 불빛이 된다.

무등산

우람히 누워 있는 저 무등을
어린 풀들이 잔뿌리 발버둥치며
하늘로 하늘로 끌어올리려 숨가쁘다.

우람한 저 무등을
새들이 가녀린 날개에 품고
하늘로 하늘로 옮기려 가슴 탄다.

처녀작

나의 처녀작은 「백록담」,
삼행짜리 시조풍의
이 처녀는 온데간데없다.

일천구백육십년 사월혁명 참가 후
무전여행중 제주도에 들러
삼성혈 들여다보고
관음사 일박 후 개미목 거쳐
백록담 이르러
맑고 밝은 물로 낯바닥 씻고
뜨거웠던 사월의 마음 식히고
사월 함성 맑게 닦아
마음속에다 썼던 짧은 시,
여행 끝나고
이백자 원고지 한장에다
써놓았던 삼행짜리 처녀
이 처녀는 지금 집 나간 지 오래다.

백록담이 영원히 거기 있듯

이승의 내 마음속이나
저승의 내 마음속에
영원히 남으리
나의 싱그러운 처녀, 처녀인 「백록담」.

소나무

나무들
긴장하여 비탈에서도 꼿꼿하게 서 있지만
늘푸른키큰나무 소나무는
비탈에서건 평지에서건
오만가지 형태로 자유로이 늘어져
제멋대로 서 있다.

소나무 무성하면
잣나무도 기뻐 어찌할 바 모른다 했던가.
소나무 자유로이 무성하니
우리네 삶도 그랬으면……

작은 바람결에도
주렁주렁 솔방울들 매달며,

겨울길

길을 잃고 숨가삐 찾아보았으나
오솔길은 숨어버렸다.
겨울잠에 든 꽃뱀이거나 살무사의
꼬리와 함께,
또는 개구리의 뒷발 끝과 함께
사라져버렸다.

끝까지,
마른기침을 하는 풀열매거나
끝까지,
매달려 몸부림치던 무슨무슨 산열매의
모습과 함께 사라져버렸다.

하늘의 길까지
눈보라에 휘말려
흩어져버렸다.

눈 길

눈길을 걸으면
눈들은
뽀드득 소곤소곤
뽀드득 소곤소곤

무슨 뜻일까
눈들은 말을 않다가도
밟히면
뽀드득 소곤소곤
뽀드득 소곤소곤

무슨 이야기일까
멈추어 귀기울이면
눈들은
흰 입술 꼬옥꼬옥 다물고

눈길을 걸으면
뽀드득 소곤소곤
뽀드득 소곤소곤

뒤돌아보면

걸음걸음

흰 입술들만 조용조용 따라오네.

눈사람이랑

눈사람이랑 놀아야지
햇님이 오기 전에
울엄마가 오기 전에
어서어서 놀아야지.

햇님이 오면은
눈사람은 물이 되어
숙제하러 집으로 가야 하고
울엄마가 오면은
나는 피아노 치러 학원으로 가야 해

햇님은 미워미워
울엄마도 미워미워

햇님이 오기 전에
울엄마가 오기 전에
눈사람이랑 놀아야지

산 속에서는

시도 때도 없이
나뭇가지 끝에서
이승의 벼랑 끝에서
지구의 무게를 등에 업고
수수만만의 낙엽들,

우주여, 아프겠다, 아프겠다,
저승이여, 바쁘겠다, 바쁘겠다,
아파서 어찌할거나 쓰다듬으면서
바빠서 어찌할거나 망설이면서.

우수수수 거꾸로 뛰어든다
때로는 공중돌기를 하면서
핑그르르 핑그르르 뛰어내린다
우주의 한복판을 향해,

발가벗겨지는 나무들은
메마른 가지손을 흔들어주고
부처님들의 빙그레 미소들은
이 산 저 산에서 바쁘다.

소 멸

산들과 잠시나마
고요히 지내려고
산에 오르면

산들은 저희들끼리
거대한 그림자를 만들어
한점 티끌도 안 보이게
나를 지운다.

바람을 따라가 보니

바람을 따라
바람이 바람의 바람의 뒤를 바짝 따르듯
나도 바람처럼
바람의 바람의 뒤를 바짝 따랐네

바람을 따라
단맛 쓴맛 팅팅 오른 꽃밭을 지나
팔랑거리는 개울 물살 위를 지나
비틀거리는 마른풀 향기를 지나
바람의 바람의 뒤를 바짝 따라가 보니

팔십 평생 걸음 멈추시고
어머님! 쉬시는 곳,
그곳에
노오란 잔디,
단풍 물든 햇볕,
먼저 온 바람들이
노닥거리고 있었네.

단 풍

단풍들은
일제히 손을 들어
제 몸처럼 뜨거운 노을을 가리키고 있네.

도대체 무슨 사연이냐고 묻는 나에게
단풍들은 대답하네
이런 것이 삶이라고.
그냥 이렇게 화르르 사는 일이 삶이라고.

가을 1

푸르른 푸르른 저 하늘로
배라도 밀고 나아가겠다는 것일까.

거미들은 마지막 생애의 정성을 다하여
그물을 짜는 어부가 되고,

날개 없는 모든 것들은
푸르른 푸르른 저 하늘에
배를 띄우고,

사람들은 먼 수평선으로부터
눈길을 거두고
이제는 제 그림자를
단풍숲에 길게 눕힌다.

가을 2

싯푸른 잎새에 내려와
뒹굴며 놀던 햇빛도
허공중에 아스라이 떠돌고

낮하늘의 별들은 숨어서
맑은 귀 열고
지상의 풀벌레소리 듣는다.

여름의 허물인
이 가을은
밤낮을 안 가리고
나를 가비얍게 들어올리고 있다.
이 지구까지를
가비얍게 들어올리고 있다.

가을 3

가을 햇빛은 모두
어김없이 도시의 하늘을 비껴가서
들판에 몰려 있다.

거기 끼리끼리 퍼질러 앉아서
살 오르는 오곡들에게 풀열매들에게
찬란한 젖을 물리고 있다.

가을 햇빛은 모두
어김없이 궁핍한 농촌의
과일나무에 몰려 퍼질러 앉아서
살 오르는 과일들에게
부산하게 찬란한 젖을 물리고 있다.

바람과 들꽃

바람들은 천상 세살바기 어린아이다
내 바짓가랑이에, 소맷자락에, 머리카락에
매달려서 보채며 잡아끌며
한시도 가만 있질 못한다.

허리 굽혀 보아라
내 작은 눈길에도 가볍게 떨고 마는
작고 작은 들꽃들에게도
바람들은 매달려서 보채며 잡아끌며
한시도 가만 있질 못한다.

둘러보아라
돌멩이들도 거대한 숲도 산도
이 바람과 들꽃들의 향연 앞에서는
속수무책으로 당하고 있는 것을.

제 3 부

선묵당

禪墨堂 가는 길
주암댐가의 꼬불꼬불 지방도로에는
붉은 백일홍들이 흐드러지게 피어
수면에 얼굴을 비춰보느라 정신없다.

저 건너 산에서도
푸른 온갖 잎새들이
수면에 얼굴을 살랑거리느라 부산하다.
전남 보성군 문동면 용암리 가내부락엔
一止처사가
禪畵를 그리며 은거하는
신묵당이 있다.

그 선묵당 도랑물 바로 건너는
서재필 박사의 생가,
청청한 대나무 울타리로 싸여 있다.
백년도 더 넘었을 늙은 감나무들이
어린 재필이를 감싸안았듯
주렁주렁 감들을 감싸안고 있다.

선묵당 마당 귀퉁이
어린 풀잎 끝에 꽃잠자리 몇 마리
파르르 날개 떨며
큰 겹눈을 요리조리 굴리고 있다.

동구나무

산자락 아래
순하게 순하게 엎드린 마을의 등허리를
언제까지나 토닥거리며 서 있는 동구나무
우리 어머니들이 서 계신 뒷모습을
오래 오래도록 보아서
어머니들을 꼬옥 닮은 동구나무.

벌판으로 가자

풀잎들이 흔들리고 있는
벌판으로 가자.
바람으로 가자.
흰구름으로 가자.
땅속 깊이 흐르는 물로 가자.
푸른 목소리로 가자.

오늘도 풀씨들을 매달고
하염없이 서걱이고 있는
풀잎 곁으로 가서
우리 함께 흔들리자
우리 함께 서걱이자

외로움도, 가난도
찬란한 영광으로 터지는
저 벌판으로 가자.

도심에 내리는 눈을 보며

내리기 싫은 듯
빌딩 위를 해찰하면서 서성거리다가
도로 솟구치다가
또 도로 빗겨 내리다가

이번엔 빌딩 사이를 해찰하면서 서성거리다가
도로 힘차게 솟구치다가
빌딩 밑 화초밭
잡초 쪽으로 몸을 틀더니
무슨 깜냥이라도 있는 듯
깜냥깜냥이 내려앉는다.

얼마나 많은 세월을 떠돌며
해찰하며 깜냥하며
이 세상을 깜냥깜냥이 떠돌았는가,
지금에 이르렀는가,
우리도.

성 에

신새벽 문득 깨어 일어나니
흰꽃들이 유리창에 어른거린다.

지난밤 창 밖의 고향에선
무슨무슨 사연들이 있었길래
이토록 허연 소문으로 피어났느냐

눈부신 창 밖이
보인다, 들린다.

어렸을 적 헤엄치며 놀았던
저 극락강이 얼다 얼다 열이 나 깨어져
성엣장들이 서로의 몸들을 어루만지며
하염없이 떠내려가는 모습이,
성엣장들이 몸들을 부딪치며
강 끝으로 끝으로 떠내려가는 소리가.

들깻잎 향기

여름 한낮
깻잎쌈을 싸면
유년의 길목이 열린다.

황토밭 끝머리쯤이나
돌밭 귀퉁이쯤이나 어디
산 아래 묵밭뙈기쯤에서

키 작은 잡풀들을 발 아래 거느리고 서서
깻대는 깻잎은
풀풀풀 향기를 날렸지.

허리 굽혀 깻잎 솎던
어머니의 굽은 등은
이젠,
아스라이 멀기만 한 산등성인데

들깻잎 향기는
바람 타고 그 산등 넘고

물 건너 들판 지나와서
우리 식구 밥상에서
더욱 향기롭다.

부처님 손바닥에서

대낮이다.
동리산 태안사 대웅전
부처님 손바닥.

빛과 그림자
한숨결로 낮거리 한창이다.

문 틈새로 날아든
산바람은 고요와
뒤엉켜 낮거리 한창이다.

염불소리
목탁소리
한소리로 낮거리 한창이다.

이승과 저승이,
극락과 지옥이,
엎치락뒤치락 낮거리 한창이다.

아하,
부처님도 만족스러운가
손바닥
오무렸다 폈다
부산한 낯거리들과
부처님 미소가
한덩어리로 어우러져 낯거리 한창이다.

이슬 곁에서

안간힘을 쓰며
찌푸린 하늘을
요동치는 우주를
떠받치고 있는
저 쬐그만 것들

작아서, 작아서
늘 아름다운 것들,

밑에서 밑에서
늘 서러운 것들.

고개 숙인 부처

나는 결가부좌를 틀고 앉아
부처님과 미소짓기 시합을 한다.

고요함의 극치지만
미소들이 풀풀풀 날아다니다 멈추는 곳
내 유년의 발걸음들도 멈추는 곳,

이곳에 내리는 눈도 미소다
이곳에 내리는 비도 미소다
이곳에 내리는 햇살도 미소다

고개 숙인 부처님과
고개 든 나는
미소로 만나
미소로 헤어진다.

쑥

쑥들끼리 모여서
쑥세상을 이루었다.

모진 생명끼리 모여서
밟히면 밟힐수록
쑥덕쑥덕거리다가
쑥덜쑥덜거리다가
쑥얼쑥얼한다.

머언 머언 옛날, 옛적
쑥 한줌과 마늘 스무 개를 먹고
굴속에서 백일 동안
햇빛 보지 않아
곰은 우리네 할머니가 되었다는
이야기가 햇빛에 반짝반짝
흐른다.

그 쑥밭에 누워
그 쑥내음에 취해
우리네 하늘을 쳐다본다.

어머니를 찾아서

이승의
진달래꽃
한묶음 꺾어서
저승 앞에 놓았다.

어머님
편안하시죠?
오냐, 오냐,
편안타, 편안타.

봄

봄이라는 계절은 하늘과
땅 사이에서 가장 진한
향기가 나는 방대한
한 권의
책.

이 책을 펼쳐보지 않으시렵니까?
잔설이 애처로이 새하얗게 반짝이고
냉잇국 향내 스며도는 그런 이야기들이
송사리떼 희살대는
실개울처럼 흐르기도 한다네요

아니
봄풀, 봄꽃들이 다투어 태어나
한바탕 어울어지는 봄빛 속을
봄바람이 불어대니
처녀애들 치맛자락 들치듯
한장 한장 책장이 저절로 넘겨집니다.
그럴 때마다 봄향기 풀풀거리네요.

봄 내내 집을 비우고 봄나들이 해도
집에서 쫓겨나지도 않을걸요.
평생에 이런 봄 백 번쯤 온답디까?

그러니 봄이라는 책 속에 묻히지 않으시렵니까?
그런 봄기운에
그냥 몸을 맡기지 않으시렵니까?
그냥 봄잠에 취해보지 않으시렵니까?
눈을 감아도
그냥 보이는, 봄이란 책 속에 취하지 않으시렵니까?

발 견

하늘을 보며 고개를
숙인다.

바다를 보며 마음을
닫는다.

산을 보며 눈을
감는다.

여린 것들 앞에서는
쳐들고 열고 뜨면서도.

소가죽 북

운동장에서
학생들,
북을 치고 있다.
둥,둥,둥,둥, 둥둥둥둥둥……

울타리 너머
들판
누렁소들,
되새김질 멈추고
맨살로 울고 있다.
우움머어, 우움머어,
둥,둥,둥,둥, 둥둥둥둥둥……

풀꽃들의 웃음

흰눈들이 하염없이 내리는 겨울 밤,
여지껏 소녀티가 반지르르한
아주머니 학생들과 찬 생맥주를 마신다.

남편도 아이들도 잊어버리자
두고 온 가정도 잊어버리자
들판의 풀꽃처럼 재잘거린다.

근심걱정이야 한갓 찰나에 씻기고 마는 것.
성자라는 이름으로부터
진원이라는 이름으로부터
옥심이라는 이름으로부터
복순이라는 이름으로부터
은정이라는 이름으로부터
자유롭자고 자유롭자고 자유롭자고
저 하염없이 내리는 창 밖의
흰눈처럼 깔깔대며
찬 생맥주를 마신다.

봄으로부터 겨울에 이르는 동안에도
한번도 누워보지 못한
저 들판의 풀꽃처럼
가끔은 눈물을 보이면서……

또 동백꽃 소식

그곳을 떠나올 때까지
그 누군가가 준 동백 분재는
아직 꽃망울을 터뜨리지 못했단다.

천성이 게을러서 생각나면 물 주고
잎을 따주어서 그런지
자기 마음 알아차려서 그랬는지
푸른 잎만 가득 매달렸단다.

외딴섬에서 꿈꾸던 동백은
그 바다에 뿌리를 두고 왔음인지
꽃 피울 생각은 안하고 저 홀로
깊어만 깊어만 간단다.

언제 그 눈부신 몸과 마음 열어
환한 검붉은 꽃 피어
그 향기 풀풀거리면
그 동백 분재 안고 와
안기겠단다.

찬바람 몰아치는 섬 쪽에서
어허, 벌써
꽃망울 터지는 소리.

벌거숭이

옷을 벗는 일이 어찌
목욕탕에서만,
옷을 벗는 일이 어찌
옷 갈아입을 때만,
옷을 벗는 일이 어찌
끌려가 처박혀 고문당할 때만이냐.

물고기들이 물과 함께 놀 때
모든 어린 것들이 바람과 함께 놀 때
산새들이 원없이 원없이 노래할 때

옷을 벗는다
누더기인 마음까지도 벗는다.

제 4 부

엘레지*

한낮, 고즈넉한 골목 어귀에서
울고 있다
포항제철 용광로의 검붉은 불빛으로
울고 있다.

성숙한 여인네나 숫처녀의 핸드백 속
립스틱은 그렇게 울고 있다.
광양제철 용광로의 검붉은 불빛으로
립스틱은 그렇게 울고 있다.

말뚝에 매여 있는 놈이나
집에 갇혀 있는 놈이나
늙은 엘레지나
앳된 엘레지나
그리움으로,
서러움으로,
그렇게 울고 있다.

　*수캐의 그것

메뚜기

풀빛 따라 초록이었던 몸
이젠 가을빛으로 물들었다.

한때는
벼포기 사이사이를
이리 뛰고 저리 뛰다가
또 한때는
몇 마지기 논배미나 들녘을
훌쩍훌쩍 뛰던
세월도 있었지만

한철이 지난 이즈음
밤 이슬 새벽 서리에
날개 흠뻑 젖어서

숫메뚜기는 허수어미의
옷고름이나 치맛자락 파고들고
암메뚜기는 허수아비의
허리춤이나 바짓가랑이 파고든다.

가을 잠자리

몇 날 몇 달
몇 백리 몇 천리의 허공을 날고 날았을까.
텅빈 폐가의 늘어진 빨랫줄에
잠자리 한 쌍
앉아서 쉬고 있다.

투명한 그물맥의 날개를
이따금 이따금 떨면서
작은 더듬이로
이 세월을 더듬거리고 있다.
그 큰 곁눈으로 할깃할깃,
익어가는 삼라만상을 담고 있다.

또,
몇 날 몇 달
몇 백리 몇 천리의 허공을 뚫고 날아서
저승으로 가려는가
세 쌍의 가녀린 다리로 힘껏
이승을 박차고

자물자물 하늘로 날아간다.
황금빛을 빤짝이며.

달빛과 누나

달빛이 좋아
처녓적 늘 울멍울멍했던 우리 누나는
풀벌레 밤새 뒤척이는 영남땅에
누워 계신다.

단신으로 월남한
함경도 사내 지아비로 삼아
아들딸 낳고 대구에서 사십여년 살다가

어느해 여름
처녓적 삼밭머리 뽕나무밭
산꿩소리 그리워서
삼베옷 명주꽃신 신고 누워서
달빛 같은 처녀 몸으로

남도땅 동리산 태안사 염불소리 들으며
영남땅에 누워 계신다.

그리운 쪽으로 고개를

어린 날
고향의
양지바른 쪽 다투며 뛰놀던 햇볕들
흙 한톨, 돌멩이들.

어린 날
고향 가득히
쏟아지는 달빛, 별빛들과
다투며 떨어지던 알밤들.
그 소리들,
어린 짐승들의 숨소리들.

그 작고 고만고만했던 꿈들,
지금 어디서 얼마만큼 자랐나,
어린 날의 콧물과 눈물과 함께
훌쩍거리나.

가을 앞에서

이젠 그만 푸르러야겠다.
이젠 그만 서 있어야겠다.
마른풀들이 각각의 색깔로
눕고 사라지는 순간인데

나는 쓰러지는 법을 잊어버렸다.
나는 사라지는 법을 잊어버렸다.

높푸른 하늘 속으로 빨려가는 새.
물가에 어른거리는 꿈

나는 모든 것을 잊어버렸다.

밤꽃들 때문에

야위어 야위어만 가는 섬진강가의
숫눈보다도 더 시리게
흥분한 흰꽃들은
모조리 모조리 벗은 알몸이다.

엎치락뒤치락 뒤엉켜
콸콸콸 쏟아내는 정액들 향기에
취한 벌나비떼들도
어질어질,

은어 새끼 같은 오만가지 새끼들
다투어 알밤보다 더 먼저 태어나겠다.

연년생으로
계절생으로
일일생으로
시시생으로
분분생으로
초초생으로
……………

살사리꽃*

남미에서 왔다더라
어느 후미진 산길가면 어떻고
들길가면 한길가면 어떠리
떼거리 떼거리로 피어 있는
살사리 살사리 살사리꽃

흰빛 분홍빛 자줏빛
그리고 무슨무슨 빛깔꽃을
머리꼭지에 이고 하늘하늘
하늘거리는 살사리 살사리

살살 바람이라도 불어봐라
저 큰 키 낮춰 꽃동그라미* 그리며
그 바람들 가지고 놀면서도
폭풍이라도 몰아쳐봐라
서로서로 어깨를 걸며
꽃띠* 꽃띠 꽃띠 만들어 아우성치는
꽃띠꽃띠꽃띠꽃

콩서리하다 쫓기던 유년도 품어주고
쫓기는 가을 새떼들도
품 벌려 숨겨주던
아비 살사리꽃,
어미 살사리꽃,
아기 살사리꽃
가을빛도 영광이어라.

  * 코스모스.
  * 꽃동그라미는 꽃들이 만드는 동그라미. 잔잔한 수면에 돌 따위
    를 던질 때 생기는 물동그라미를 연상해서 써본 시어임.
  * 꽃띠는 인간띠(사람띠) 할 때의 띠로서 꽃들이 만드는 띠.

시골 기차

곧은 길 마다하고
산모퉁이 바짝 붙어
돌아 돌아 구부려 간다.

그늘 느린 늙은 소나무 굳은 눈물에
몸 뒤척이며
쉬엄쉬엄 감돌아간다.

노을이 타는 강물 아래
자갈밭 모래밭서 노는
물고기 등허리 어루만지며
희뜩희뜩 맴돌아간다.

단풍물에 흠뻑 물들어
산비둘기 산까치 등에 업고
느린 물과 함께
자장자장 누워서 간다.

한국산 흙

한국의 하늘 아래서
흙 한줌 움켜쥐니
삼라만상의 숨소리 여기 다 있고

손바닥 펴 보니
사방팔방으로 손금 따라
산골물 졸졸 흐른다.

내가 매일 딛는 발바닥 아래의
흙 한줌 움켜쥐니
세계를 휩쓸고 온 바람 여기서 일고

손바닥 펴 보니
온갖 초목들의 사연 퍼렇게 번진다.

독 도

홀로섬이 아니었다.
동도와 서도가 짝 이뤄 난바다에 떠 있는
독도는 홀로섬, 홀로섬이 아니었다.

460만년 전 태기가 있은 후
270만년 동안의 산고 끝에
190만년 전 어미땅으로부터
태어난 독도는

어미품이 그리우면
저 짙푸르고 새하얀 파도 불러 달래고
어미품이 그리우면
갈매기떼 수천 수만 불러
꺼욱꺼욱 울리기도 하지만

독도는
수십명의 암초자식들
바닷속에 기르며
족보를 늘리고 있다.

물을 노래함

더우면 소나기가 되고
추우면 눈이 되고 고드름이 된다

화나면 폭포가 되고
심심하면 보슬비가 되고
한가하면 가랑비가 된다

여린 풀잎 끝에 매달리면 이슬보석이 되고
슬픈 눈동자에 머물면 눈물이 된다

머문 곳이 답답하면
천만리 길 휘돌아 바다가 된다

처음도 끝도 없는 사랑
물, 물, 물, 물물물물물물······

산

갈매빛 저고리 걸치고
(바지는 홀랑 벗었다!)
이마에 햇빛침 수없이 꽂았다

가쁜 숨 헐떡거리는 저것들은
굶주린 짐승인가
그 울음인가

흐르는 계곡물에 아랫도리 식히며
하늘 향해 용솟음치는 저것들은
바람의 뼈인가
뼈의 신음인가

산. 산. 산

새

땅 위에 두 다리 디뎌보지도 못했을 거야
나뭇가지에 앉아보지도 못했을 거야
단 한번도.

지친 날개 겨우겨우 퍼덕이며
하늘에서 연처럼 하늘거리는 새.

겨울이면 하늘 복판에 얼어붙어
별 되어 반짝이다가
하염없이 흐르는 눈물도 얼어
우박으로 떨구다가

여름 한철 바람 만난 풀씨처럼
공중에 떠도는 마음.

풍 경

코끝이 향기로운 흙을 어루만지며
머언, 머언, 조상 때부터 흘러흘러
산천을 감도는 시냇물이거나
고향도 정처도 없이
천지간을 떠도는 바람들을 그리며 산다.

사람들은 누구나 그렇게
마음 한구석에 한폭의 풍경을 품고 산다.

시냇물 위에 빗방울이나 이슬을 떨구거나
바람들의 옷자락에 마음 한가닥을 매달며

방바닥에 누워서나
소음뿐인 도시를 걸으면서나
임자 없는 들판을 거닐면서나.

여름날

햇살, 눈 시리도록 쏟아진다
초목들, 질세라 몸 비틀어
진초록 한껏 뿜는다

햇살, 하이얀 눈물 따갑게 떨구고
초목들, 하염없이 몸 젖는다

창문을 열어라
찌든 마음도 열어라

방마다 웅성거린다
마음마다 마른 강물 뒤척인다
푸른 목소리 푸른 메아리
이파리마다 웅얼거린다.

광주 輓歌

북망산이 멀다더니 도청 밖이 북망이요
저승길이 멀다더니 금남로가 저승이요 충장로도 저승이네
저는 이 길 가지마는 잘 있소 광주여 무등산도 잘 있소
혜～혜 혜혜혜야 어～허 어허어허 어허야허

당신 두고 가는 이 몸 절통하고 분합니다
황천수가 멀다더니 광주천이 황천수요 극락강도 황천수네
저는 이 길 가지마는 잘 있소 형제여 부모님도 안녕 안녕
에～혜 에혜혜야 어허어허 애고애고

저는 가요 당신 두고 저 세상에 저는 가요
팔뚝 같은 쇠사슬에 꽁꽁 묶여 총검에 찢겨가며 저는 가요
상무대 철창으로 끌려가며 돌아보며 끌려가요
어～허 어허어허 아하아하 어허어허

한 손에 태극기 들고 또 한 손에 총을 들고
민주 · 평화 · 자유 찾아 북망산천 찾아가요 황천길 걸어
가요
광주땅을 하직하고 무등산에 절을 하고

아~하 아하아하 아이아이 아이고 아이고

죽음은 단 한번이라 누가 이 길 좋다 할까
저는 기왕 가지마는 광주 무등 조국이여 자손만대 번영
하소
헐벗은 이 옷을 주어 훈훈공덕 쌓으소서
배고픈 이 밥을 주어 지성공덕 쌓으소서
목마른 이 물을 주어 활인공덕 쌓으소서
묶인 이 풀어주어 훨훨세상 세우소서
혜~혜 아~하 어~허 애~고 애~고 애~고 애~고

해설

소소한 것에 대한 경의

유 종 호

아무리 방대한 장편소설이라 하더라도 읽고 나서 독자가 갖게 되는 것은 필경 그 작품에 대한 단일한 이미지라고 아주 오래 전에 한 선구적인 소설론자가 말한 적이 있다. 그렇지만 이것은 소설에 관해서뿐만 아니라 세상 범백사에 적용되는 말이 아닌가 생각된다. 우리가 세계에 대해서 혹은 주변의 인물에 대해서 가지고 있는 것은 대체로 단일한 이미지이다. 우리가 잘 알고 있는 사항에 대해서 우리가 곰곰이 생각할 때 이 단일한 이미지는 복합적인 것으로 변형되고 혹은 중첩되기도 한다. 그러나 그것은 세세히 검토하는 경우의 사정이고 대개의 경우 우리는 주변의 상황과 인물을 단일한 이미지로 대체하면서 임하고 일괄 처리하는 것이 보통이다. 이것은 정신의 나태와 비능률성이기도 하지만 어떻게 생각하면 정신 경제의 불가피한 요구라고도 할 수 있다. 우리는 얼추 큰 형국만을 가리키는 개괄적인 지도로 만족해야지 세세한 오만분지일 지도로 일일이 세계와 인간에 대처하기는 어려운 것이다. 세상에서 말하는 유연한 정신이라는 것은 상대적으로 복합적이고 중첩적인 이미지를 소유하고 구사하는 경우이며 새로운 정보로 부단히 기존의 이미지에 수정을 가하는 경우라고 말할 수 있다. 이에 반하여 경직된 정신이라는 것은 다른 요인도 많지만 단일한 이미지에 대한 집착이 강하고 새 정보에 의한 기성 이미지의 수정이나 갱신에 냉담한 경우라고 말할 수 있다. 새 정보의 입력에 대해서 저항적이라는 것이 기존 이미지의 특징이지만 그것이 탄력성을 지닐 때 비로소 부단한 인지 지평의 확대가 가능할 것이다.

　시인 조태일씨에 대해서 가지고 있는 나의 이미지는 그가 선이 굵고 씩씩한 매우 남성적인 시인이라는 것이다. 그것은 주로 그의 초기 시편 특히 시집 『국토』를 통해서 입수되고 입력된 비교적 단일한 이미지이다. 「식칼론」 「나의 처녀막」과 같이 반폭력적(反暴力的)이기 때문에 또한 폭력 내포적이기도 한 도전적인 표제와 함께 예컨대 『국토』의 다음과 같은 시행의 이미지와 뗄 수 없이 연관된 것이다.

　　나는 늘 홀로였다.
　　싸움은 많았지만 승리는 늘 남의 것이고
　　남는 패배는 늘 내 것이었다.

　　배낭을 벗어 바위 곁에 놓고
　　신발을 벗는다, 양말을 벗는다.
　　콸콸 흐르는 물에 죄많은 손발을 씻어내자
　　시리도록 시리도록 씻어내자.

　　고량주를 한모금 빤다.
　　솔직하고 빠르게 폐부를 들쑤신다.
　　　　　　　　　　　　　　　　　——「산에서」 부분

남성 화자의 행동거지가 돋보이는 이러한 시행이 조성하는 정감이 조태일씨에게만 고유한 것은 아니다. 그렇지만 등산길에 배낭을 벗어놓고 발을 씻으며 고량주를 마시는 모습이 앞서 언급한 부대상황과 어울려 그의 이미지를 고정시켜놓고 있는 것이다. 거기에는 또 사사로운 자유연상이 한몫 가세하고 있음을 실토하지 않을 수 없다. 발음상의 유사성 때문이기도 하지만 시집 『국토』가 한동안 발매금지 처분을 받았다는 사정도 첨가되어 조태일씨는 내게 전태일을 연상시키고는 하였다. 조태일씨의 남성적인 이미지에는 자연히 전투적이요 결사적인 투사의 이미지가 은연중 잠입해 들어온 것이다. 다시 한번 사사로운 자유연상의 작용이지만 조태일씨에게는 또 일본서 활약중인 기사 조치훈 구단을 연상케 하는 대목이 있다. 화면을 통해 본 조치훈 구단에게서 조태일씨의 모습을 연상하는 것은 그를 만나본 사람이면 한번쯤 경험한 일이라고 생각되는데 튼실한 체구나 근성있는 골똘한 표정이 역시 남성적인 이미지에 기여하는 것이 아닌가 생각한다. 그리하여 선이 굵고 씩씩하고 때로는 뻑뻑하기도 한 남성적인 시인으로서의 이미지는 그가 『풀꽃은 꺾이지 않는다』와 같이 매우 섬세한 시편 모음을 선보인 후에도 계속해서 남아 있다. 그러고 보면 이 시집 표제에서도 꺾이지 않는 불굴의 이미지가 포착되어 있는데 이 또한 굳이 유별을 하자면 여성적이기보다는 남성적이라고 할 수밖에 없다.

아주 당연한 이치이지만 이번 여덟번째 조태일 시집 『혼자 타오르고 있었네』를 읽으면서 시인에 대한 나의 단일한 이미지가 공평하지 못한 매우 편협하고 일면적인 것임을 다시 깨치게 되었다. 우리가 한 대상을 꼼꼼히 검토하다 보면 으레 경험하는 바이지만 옳든 그르든 최초로 입력된 이미지가 얼마나 완강하고 고집스럽게 버티는 것인가 하는 것을 새삼스레 실감하였다. 됨됨이나 성취의 높낮이와 상관없이 시인과 시집을 징후적으로 드러내는 시편이 있는 법인데 이번 시집에서는 「가을 2」를 그러한 작품의 하나로 들어도 좋지 않을까 생각하게 된다.

> 싯푸른 잎새에 내려와
> 뒹굴며 놀던 햇빛도
> 허공중에 아스라이 떠돌고
>
> 낮하늘의 별들은 숨어서
> 맑은 귀 열고
> 지상의 풀벌레소리 듣는다.
>
> 여름의 허물인
> 이 가을은
> 밤낮을 안 가리고
> 나를 가비얍게 들어올리고 있다.
> 이 지구까지를
> 가비얍게 들어올리고 있다.

가을이 되어 햇빛이 여려진 것을 다룬 1연이나 천지에 가득한 풀벌레소리를 다룬 2연이나 언뜻 범상한 듯하지만 계절의 변화와 특징을 아주 섬세하게 포착하고 있다. 찌는 듯한 무더위가 사라지고 엷어진 햇살과 함께 맛보는 가을의 산뜻한 청량감을 시인은 "여름의 허물"이라는 은유로 표현하고 그렇게 함으로써 그 다음에 이어지는 "가비얍게 들어올리"는 대목과 자연

103

스럽게 이어놓는다. "가비얍게 들어올"려지는 정신과 육체는 그대로 섬세함 자체이다. 이 시집의 시편들은 이렇게 맑고 섬세한 정신이 발견하고 채집한 일상과 주변의 세목들이다. 가을이 지구까지를 가비얍게 들어올리듯이 시인은 일상 주변의 모든 것을 가비얍게 들어올리면서 독자들에게 주목할 것을 촉구한다. 무심히 보아온 범백사를 세세하게 보고 반응하도록 유도한다. 그리하여 가령 이슬이라는 비근한 자연현상은 시인에 의해서 이렇게 새롭게 발견되고 정의된다.

안간힘을 쓰며
찌푸린 하늘을
요동치는 우주를
떠받치고 있는
저 쬐그만 것들

작아서, 작아서
늘 아름다운 것들,

밑에서 밑에서
늘 서러운 것들.

———「이슬 곁에서」 전문

쬐그만 이슬들이 우주를 떠받치고 있다는 과장어법은 그 자체로서 얼마쯤 허풍스러워 보인다. 그렇지만 마지막 4행 "작아서, 작아서/늘 아름다운 것들//밑에서 밑에서/늘 서러운 것들." 이란 섬세하고 아름다운 음율적 시행으로 말미암아 홀연 진정성을 획득하게 되는 것이다. 시편을 살려내는 것은 추상적인 진술이나 검토되지 않은 거대담론의 파편이 아니라 때로 이렇게 음율적으로 섬세하게 포착된 서정적 진실이다. 행여 이 작품에서 우의(寓意)를 찾아내려 애쓰는 독자들이 있다면 그것은 시인이 전하는 '가비야움'의 원리를 짓누르는 처사가 될 가능성이 많다는 점을 유의해야 할 것이다. 독자의 자유에 대한 내정간섭을 일삼을 심산은 추호도 없지만 설령 우의가 내장되었다 하더라도 그것은 어디까지나 지엽적·부수적인 것임을 명심해야 할 것이다. 줏대 되는 것과 지엽적인 것이 전도되어서는 안 된다. 서정적 진실이 일품(逸品)으로는 이 시집에서 「어머니를 찾아서」가 단연 으뜸이라고 생각한다. 불필요한 것을 모두 걸러낸 과부족 없는 압축과 절제와 여백의 미가 돋보이며 호소적이다.

  이승의
  진달래꽃
  한묶음 꺾어서
  저승 앞에 놓았다.

  어머님
  편안하시죠?
  오냐, 오냐,
  편안타, 편안타.

 저승이 따로 있지 않다. 돌아간 어머니가 묻혀 있는 곳이 바로 저승이 아닌가? 듣고 보면 과연 그렇지만 무덤이 바로 저승

105

이라고 생각한 사람은 흔하지 않다. 죽은 자의 무덤이 바로 저승이라는 것을 알고 우리는 인지의 충격을 받게 마련이다. 작품 속에서 이승과 저승의 거리는 멀지 않다. 이승과 저승의 거리를 지척으로 만드는 것은 생각건대 화자의 어머니 그리는 정이다. 어머니는 세상의 모든 아들들을 유년으로 돌려놓는 막강한 권력을 가지고 있다. 멜로드라마나 소설에서만 그런 것이 아니라 현실에서 그러하다. 지극히 남성적인 이미지를 발사해온 씩씩하기 짝이 없는 조태일씨도 모권(母權) 앞에서 속수무책으로 약해진다. 그리하여 그는 어머니 앞에서 영원히 마음 여린 동자(童子)로 남아 있다. 그러기에 서정적 일품인 「어머니를 찾아서」는 시로 읽힐 뿐 아니라 동시로도 읽힌다. 시와 동시를 겸한 서정시가 세상에는 많은데 조태일씨가 위에서 보았듯이 한 아름다운 범례를 추가해준 것이다. 짤막한 「동구나무」는 또 하나의 사례가 될 것이다.

> 산자락 아래
> 순하게 순하게 엎드린 마을의 등허리를
> 언제까지나 토닥거리며 서 있는 동구나무
> 우리 어머니들이 서 계신 뒷모습을
> 오래 오래도록 보아서
> 어머니들을 꼬옥 닮은 동구나무.

시인이 천진한 동자로 돌아가는 것은 그러나 반드시 어머니 앞에서만이 아니다. 그가 아끼고 사랑하는 모든 것 앞에서 그는 티없는 동심으로 돌아간다. 어머니 대지(大地)라는 말이 있지만 아마도 그에게는 대자연이 그대로 어머니일 테고 그리하여 그

삼라만상 앞에서 그는 영원한 동자로 남아 있다. 아래에 열거한 시행말고도 동시로 읽히는 작품이 상당한 분량에 이르는데 그 것은 최근의 그의 시세계가 도달한 동심 곧 시심의 경지를 보여 주는 것이라 해도 틀리지 않을 것이다.

달빛이 좋아
처녓적 늘 울멍울멍했던 우리 누나는
풀벌레 밤새 뒤척이는 영남땅에
누워 계신다.

　　　　　　　　　　　　　　　—「달빛과 누나」 부분

바람들은 천상 세살바기 어린아이다
내 바짓가랑이에, 소맷자락에, 머리카락에
매달려서 보채며 잡아끌며
한시도 가만 있질 못한다.

　　　　　　　　　　　　　　　—「바람과 들꽃」 부분

눈길을 걸으면
눈들은
뽀드득 소곤소곤
뽀드득 소곤소곤

무슨 뜻일까
눈들은 말을 않다가도
밟히면
뽀드득 소곤소곤

뽀드득 소곤소곤

──「눈길」부분

　이러한 삼라만상 앞에서의 다소곳한 무구함은 시인 자신이 「도심에 내리는 눈을 보며」라는 시편 속에서 말하고 있듯이 "얼마나 많은 세월을 떠돌며/해찰하며 깜냥하며/이 세상을 깜냥깜냥이 떠돌았는가,/지금에 이르렀는가,/우리도." 라는 도정을 거치면서 도달한 것일 터이다. 우리는 그것이 한편으로 시인의 청장년기의 현실지향과 공적 감정의 토로를 넘어서서 취득된 것임을 주목하게 된다. 「처녀작」이라는 표제의 작품에는 "이승의 내 마음속이나/저승의 내 마음속에/영원히 남으리/나의 싱그러운 처녀, 처녀인 백록담" 이라는 끝대목이 보이는데 시편의 맥락을 떠나서 최근의 시인이 젊은날의 시적 지향에 대해서 은은한 애착을 표시하고 있는 것이라고 읽어도 무방할 것이다. 이번 시집 끝자락에 「광주 만가」가 놓여 있는 것도 시인의 끝나지 않은 항상적 관심과 집착을 시사한다.

　그러나 사회적 자아가 그렇듯이 시인이라고 해서 변화하고 변모하지 말라는 법은 없다. 현실지향이나 공적 감정의 경원과 잠정적 유보를 통해서 얻어진 섬세하고 다소곳한 세계 수용과 자연 관조는 어떻게 설명할 수 있는 것일까? 대범하게 말해서 그것은 시인의 연치(年齒)와 관련되는 것이 아닐까 하고 생각하게 된다. 나이 육십을 옛사람들은 하수(下壽)라고 했지만 늙어간다는 것은 지상에서의 나날이 괄목할 만큼 줄어든다는 것을 의미한다. 개인차가 크기는 하지만 지상의 시간이 짧아짐에 따라 사람들은 비로소 자연의 아름다움과 그 오묘한 이치에 눈뜨게 되는 것이 아닐까 한다. 범상하고 심상한 모든 것이 새로운 모습으로 다가와 새로운 전언을 보내온다. 한편 주체의 육체적 한계의 자각과 함께 그에 비례하여 사회 변혁과 역사 향방에 있어 인간 역할에 어떤 한계를 감지하게 되기도 한다. 신체와 정신의 상관성은 우리가 병약해졌을 때 실감할 수 있는데 육신의 쇠약이 따르게 마련인 노년에 이르러 공적 감정이나 사회적 관심은 상대적으로 약화되는 것이 보통이라고 생각된다. 사람살이의 초입에서 수용했던, 가령 인간 이성에 대한 신뢰나 역사 진보의 믿음이 똑같은 강도로 유지되기를 기대하기는 어려운 경우도 있을 것이다. 역사의 진행과 예측할 수 없는 변전의 경험은 성급한 기대가 아니라 참을성 있는 기다림과 개선을 위한 꾸준한 노력이 아무래도 실효성 있는 대처방식임을 시사할 공산이 크다. 이 시집에서 두드러져 보이는 우리 주변의 작은 것에 대한 감탄과 존중을 연치라는 생물학적·문화적 사실과 연관시켜 생각하는 이러한 관점이 매우 사사롭고 주관적인 것임을 구태여 부정하지 않겠다. 지나치게 간과되는 국면을 시험적으로 지적해보자는 심정이 되었다는 것도 사실이기 때문이다.

> 나의 시에 운을 맞춘다면 그것은
> 내게 거의 오만처럼 생각된다.
> 꽃피는 사과나무에 대한 감동과
> 엉터리 화가에 대한 경악이
> 나의 가슴속에서 다투고 있다.
> 그러나 바로 두번째 것이
> 나로 하여금 시를 쓰게 한다.

새삼 거론하는 것이 쑥스러울 정도로 인구에 회자되는 「서정시를 쓰기 힘든 시대」(김광규 역)에서 브레히트는 이렇게 시편을 끝맺고 있다. 우리는 그의 고민과 선택을 존중하며 그 진정성에 전폭적으로 공명한다. 그렇지만 한편으로 서정시 쓰기에 호적한 시대가 대체 언제 있었느냐고 되묻고 싶은 것 또한 사실이다. 엉터리 화가 아닌 도장공에 대한 경악과 분노를 노래하는 것도 중요하지만 꽃피는 사과나무에 대한 감동을 노래하는 것도 중요하다. 상황에 따라서 사람에 따라서 우선순위에 차이는 있을 수 있겠지만 꽃피는 사과나무의 노래를 배제할 수는 없다. 어떠한 불행과 역경 속에서도 인간은 고통을 기록하고 호소하는 한편으로 삶의 희열을 지치지 않고 노래해왔다. 그러한 사실이 도장공에 대한 경악과 분노를 표현할 수 있는 저력의 기초가 되어왔다고 해도 큰 잘못은 아니다. 우리 삶의 자질구레한 세목에 대한 관심과 존중은 곧 삶의 외경에 대한 긍정의 헌사이기도 하다. 우리는 그 소중함에 동의하면서 한편으로 서정시 쓰기를 힘들게 하는 사회적·역사적 제력(諸力)에 대해서도 시인이 옛날의 열정을 회복해주기를 바라고 싶어진다. 아마도 그것이 생물적인 쇠약현상의 수용과 그에 대한 저항이라는 두 겹의 대처방안으로 유효하리라는 희망을 가지고 있기 때문이다. 어떻게 생각하면 꽃피는 사과나무의 노래와 고약한 도장공에 대한 분노를 따로 떼어서 생각하는 것 자체가 현실과 얼마쯤 유리된 생각일지도 모른다. 꽃피는 사과나무가 있기 때문에 도장공의 만행은 더욱 고약한 것으로 비치게 마련이며 또 도장공의 만행에도 불구하고 꽃피는 사과나무 때문에 도장공과 그 일당에 대한 전의가 더욱 불타오르는 것이기 때문이다. 우리는 여덟번째 시집을 내는 시인이 어떤 방향으로든 지속적으로 남성적이면서 동시에 섬세한 촉수의 움직임을 보여주기를 기대한다.

110

시인의 말

4년 전(1995)에 일곱번째 시집인
『풀꽃은 꺾이지 않는다』를 펴냈는데,
이번에 여덟번째로 『혼자 타오르고 있었네』를 펴낸다.
무슨 말로 이 시집의 끄트머리를 채울까 하는 걱정 때문에
사나흘 흔들렸다. 소심한 성미 때문이다.
나는 시간을 잊고 살아왔고 앞으로도 그럴 것이다.
그런데 얼마 안 있으면 무슨무슨 세기는 가고
무슨무슨 세기가 닥친다는 소문을 들었다.
과연 시간이라는 것이 시대라는 것이 세기라는 것이 있는 것일까.
시간은 순간순간 있는 것이 아니라 무한히,
영원히 있는 것이 아닌가. 나에게 들킨 이 시집 속의
모든 사물들, 모든 상황들, 모든 사연들에게 감사 드린다.

1999년 6월 광주에서
조 태 일

창비시선 187
혼자 타오르고 있었네

초판 1쇄 발행／1999년 7월 5일
초판 4쇄 발행／2005년 2월 25일

지은이／조태일
펴낸이／고세현
펴낸곳／(주)창비
등록／1986년 8월 5일 제85호
주소／경기도 파주시 교하읍 문발리 513-11
       우편번호 413-832
전화／031-955-3333
팩시밀리／영업 031-955-3399 · 편집 031-955-3400
홈페이지／www.changbi.com
전자우편／literat@changbi.com

ⓒ 진정순 1999
ISBN 89-364-2187-5 03810